JN245877

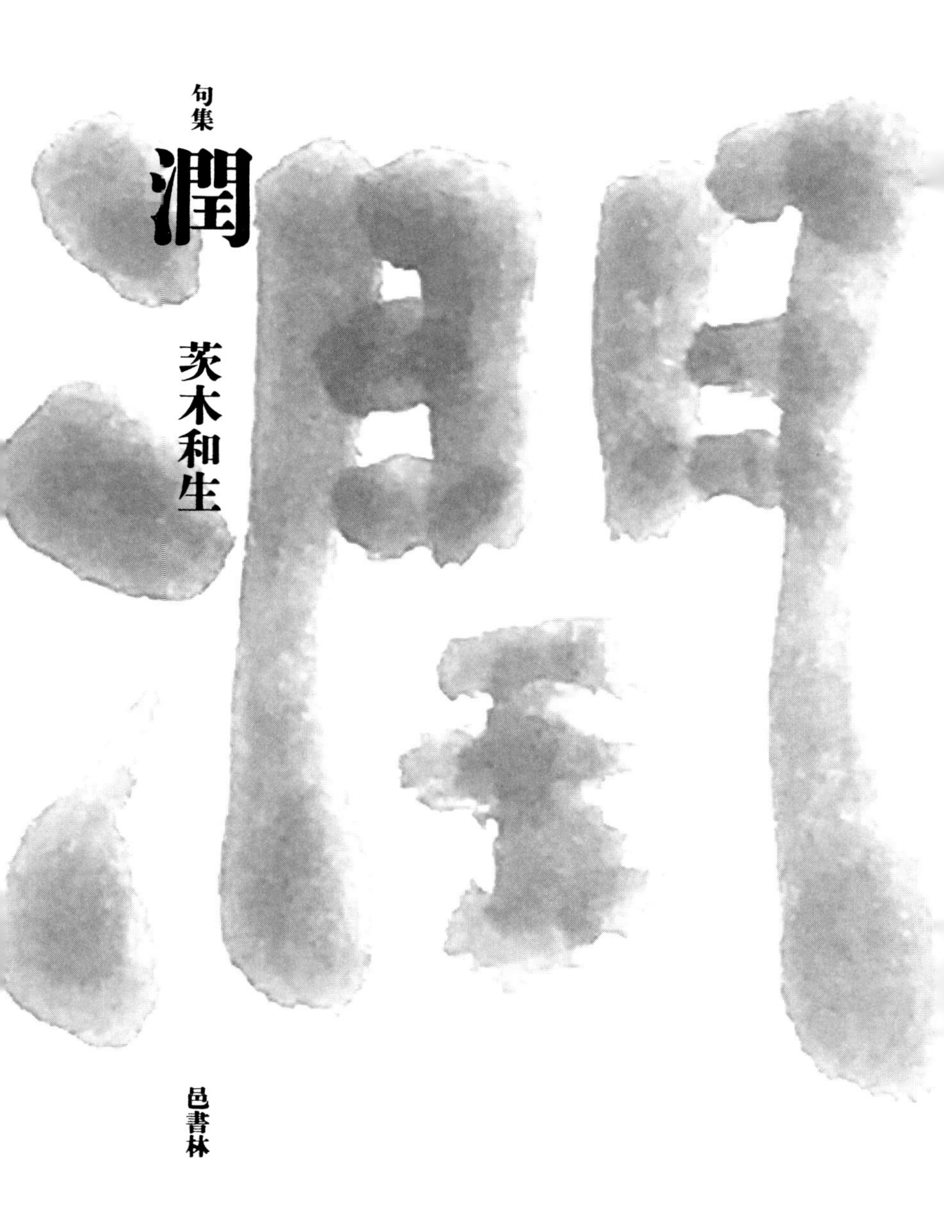

句集

潤

茨木和生

邑書林

目次

句集
潤

平成二十八年

正月もおまへん鹿の悪さには
賑やかに門の神棚作らばや

平成二十八年

初詣うねり差し来る潮見て

頼みたる雉の届きし幸木

絵暦の鳥獣世界賑へり

直越えの地道とりゆく恵方かな

平成二十八年

星新し大阪の空雲切れて

春着着て童女の笑みのおのづから

川埋むる愚を怒りたる青々忌

一月十一日生まれなれば

喜寿といふ齢うれしき祝月

平成二十八年

鳶を持つ男の立てるとんどかな

凍る寸前の木雫まるまれり

樹々の雪落ちずに凍ててゐたりけり

海鳴りの収まり来たる雪の暮

平成二十八年

水槽に鯛が足されて春近し

口紅の唇一夜官女舐む

今日あたり外す頃なる雪囲

春の雪仏彫りゐる丸太にも

平成二十八年

春の雪煮れば締まりて貝の腸

平群町椿井

太子井といへる椿井（つばい）の水温む

母の忌の近づく雛を祀りけり

庭広き農家の日差雛祭

平成二十八年

美しき水湧ける井戸雛の家

大峯の見ゆる雛の間開けゐたり

春の滝いちにち日差届かねど

一枚の紙折れば鶴春の雲

平成二十八年

堪へゐし雉足許を飛び立てり

榊にて道祓ひ行く春祭

虫出しの雷にも妻は寝てゐたり

喜佐谷を歩きて西行忌と思ふ

平成二十八年

稚鮎追ひ込みて桁鯖寄りゐたり

岩牡蠣の塊抱きて海士浮き来

塊打ちを繰り返しつつ耕せり

蒟蒻を植ゑゐる人に生子（きご）貰ふ

平成二十八年

宮裏に一基の古墳春の山

膝にまでげんげげんげ田に入れば

採りたてといふ鳥貝の刺身かな

オペラ歌手目指し入学せしといふ

大和よき国春星のかがやきも

春星や山寺の僧早寝にて

戻り来る干潟の先にまで歩き

電気大事に使ふ山家の遅日かな

平成二一八年

磐座が山にいくつも落し角

養殖の色もなかなか桜鯛

悼 小路紫峡先生

花どきの神の御国に入られけり

湧水の澄みもさすがぞ山桜

平成二十八年

生国に家残りゐず山桜

人死ねば空き家の増えて山桜

山桜廃鶏山に捨てられて
鶏犬の声がのびやか山桜

平成二十八年

海上を雲光り来る山桜

沈みたる島沖にある人麻呂忌

なかなかの面蜂酒の雀蜂

妻恐れゐし雀蜂打ち殺す

熊野ならではの卯波の寄せにけり

初鰹亡者と僧の言ひゐしは

水神の神事のすすむ薄暑かな

竹幹をひびかせて鳴け時鳥

平成二十八年

時鳥高山植物園に鳴く

薄雲に日差崩れて栗の花

藻畳の上に浮き出て梅雨鯰

蛇崩れの恐れもあるぞ墜栗花穴

平成二十八年

子を連れて僧の来てゐる蛍狩

深吉野の蛍火人を待つごとし

杉山の闇流蛍となりにけり

悼 後藤立夫様

夜振火の国栖に立夫の句碑もがな

平成二十八年

東吉野村

翠蔭のよさも天好園なれば

雷に手ごろな高さ神杉は

火蛾払ひつつ密猟の打合せ

大学の敷地内にて水鶏鳴く

平成二十八年

夜振火に星美しく出揃ひぬ

網捌き得手な嬶連れ夜振漁

墓地抜けて戻る愛染詣かな

天牛の体を立てて飛び来たり

平成二十八年

日雷真上に鳴りし記憶なし

小名浜の鯖と出されて得心す

乳母車流れに浸けて水遊

船虫の逃げ場の多き漁港かな

平成二十八年

大阪は日差に蒸せて鱧の皮

伝へたきことに蝮を捕る術も

このところ肝斑（しみ）を気にされ蟬衣

夏襟の人知る苦鱁鮧の効果

平成二十八年

雲海の退く時の音あらざるも

山家へと弔問に行く夏の星

山国の百物語向きの闇

奥降りの濁りも引きて夏料理

雲摑むやう雲海の中歩き

火の炭を鳴らし窯出し雲の峰

礁越す波は立ち来ず日の盛

日盛の磐座に手を置きにけり

平成二十八年

水飲みに陶工の来る噴井かな

深吉野にゐし二日目も星月夜

なかなかの濁世といひて生身魂

門火焚きをれば潮鳴り高まり来

父母の知らぬ平群に門火焚く

子供をらざれば飲み食ひ地蔵盆

船に経上げゐる盆の漁港かな

盆踊口伝の唄は卑猥にて

平成二十八年

本流の濁り引かざる残暑かな

神宮の森も鹿殖え守武忌

杉茸が出て茸どき始まれり

藪道を入り来て夜蒔胡瓜摘む

平成二十八年

すかんたことは水蛸の尾花どき
尾花蛸高き耀値のつくことも

雨粒のときに吹き込む土俵かな

鵙も来て鳴けり関口芭蕉庵

平成二十八年

頂に陵のある秋の山

椋鳥の群高く過ぐ故郷塚

粃まで穭穂啄まれてゐたり

冷え込んでをり白樺の木の肌も

平成二一　八乞

七五三后土の神に日を崇め
朴落葉喜ぶ人のため拾ふ

暗峠

時雨忌の雨の峠の石畳

大阪のしぐれ過ぎたる日差かな

平成二二八年

一悶着起こす奴ゐて薬喰

天好園

床柱みごとな座敷薬喰

餅配吉野も奥の在にして
狼に似る吠え方も狩の犬

平成二一　八乍

陸陸とせる梟の寝顔かな

井戸使ふやうにも仕立て雪囲

平成二十九年

耳も目も衰へをらず明の春

磐座に鶏旦の日の届きけり

平成二十九年

神島の神は日の神お元日

あれこれに太陽使ひお元日

座小屋三つある産土に初詣

楢枯れの平群の山を初景色

歯固に常節を煮てくれにけり

凍てゐたるもの取り替へて藁盒子

試みにしなせし押鮎と貰ふ

にこやかに来るよ春着の中学生

平成二十九年

山の田に拾ひし十粒螺肴

みちのくの五穀取り寄せ姫始

祇園へと誘ひ出されて夢祝

七日正月の日差の祇園かな

平成二十九年

大阪の童女の歌ふ手毬唄

作詞したきものの一つに手毬唄

青々忌満ち来る雲に力得て

学歴はなくて博識青々忌

平成二十九年

文楽を見て我も泣く青々忌

弔問に二日出て行く餅間

日差よき山家の縁に投扇興

投扇興少女の声も加はれり

祇園南側

食べに寄りたし米（よね）さんの阿茶羅漬

産土のお下がりなるよ粥柱

骨正月九絵の粗なら何よりと

惚れ惚れと見る深吉野の崖氷柱

平成二一 九三

拝殿に舞殿に雪吹き込めり

大寒の大地踏みしめ歩きけり

火を摑みたきまで凍え戻りたる

寒搗の音かと思ひ通り過ぐ

その場跳び楽しむごとく寒鴉

當麻寺　二句

句碑の字は崩れて読めず寒牡丹

人に言はれねば気付かず寒あやめ

凍滝に行く計画も頓挫せり

平成二十九年

海鳴りの聞こえてゐたる雪間かな

猪獲れぬことに気折れも猟名残

聞香の人浅春の寺に来る

山持の怖るる春の雪降れり

平成二十九年

廃屋に地道尽きゐて蕗の薹

狐目の人もゐるもの午祭

戒壇院正面に行く春の道

ほれぼれとする男ゐて春祭

三人の婆に子がゐず雛祭

水音の寄り来る谷の水温む

頂に祀る水神春の山

日差遍くて野鶏の鳴きにけり

平成二十九年

金貨売る店出て来たる春ショール

海鳥が飛べり銀座の春の空

薇はこれと実物見せて言ふ

一休寺

狂雲集原本に春灯かな

分校の全員巣箱掛けにゆく

立ち入れぬまでに密生竹の秋

地に日差広がり来たる山桜

充実の日よ山桜見て歩き

平成二十九年

日差よく受けゐて散らず山桜

土佐・暮石のふるさと

目指しゆく一樹がありて山桜

雨柱走れる山の山桜

山柄の尊き山の山桜

平成二十九年

坂道の上は青空山桜

水面に触るるまで垂れ桜咲く

死者たちも来てゐる一日磯遊

壺焼が好きこれまでもこれからも

桜鯛指値を高くして買へり

深吉野の星けぶらせて霜くすべ

狼のゐたる代よりの霜くすべ
霜くすべくすべておいて戻りけり

平成二十九年

鳥道がつく木苺の花の崖

三鬼忌の雪嶺見ゆる津山かな

海士 田本十鮑

鹿尾菜刈る頃十鮑を思ひ出す

山高く棲みゐる家の吹流し

平成二十九年

糯米を打ちたる旨さ筍飯

沖雲の崩れ寄せ来る桐の花

朴の花見下ろす道をとりにけり

日戻りといひて出漁初鰹

平成二十九年

一本売り以外はせずと初鰹

深吉野の余花を求めて歩きけり

余花仰ぐ辿り着きたる樹下に立ち
ぼちぼちと誰もが答へ鮎掛くる

平成二十九年

赤土の畑麦刈り終へたれば

東吉野村

ここいらはなにごとも旧粽結ふ

濁りたる池に浮きゐて梅雨鯰

東京の高き街路樹青嵐

平成二十九年

潮風の吹き抜けて来る茅の輪かな

かこひゐるとは深吉野の蝮酒

つべこべといいはずに煽れ蝮酒

ぐい呑みがよかろと出され蝮酒

蝮酒女みごとに飲み干せり

日盛の島神官と巫女歩く

丹生川上神社中社

水神の泉を飲みに寄りにけり

狐色とは深吉野の甜瓜

平成二十九年

木の盥とは珍しき日向水

梅雨が明けたれば目立つよ山の竹

大岩をひとつ据ゑたる噴井かな

なにより の当て皮鯨あることは

平成二十九年

黒松のたくましき幹雲の峰

浪殺し途切れず積まれ雲の峰

毒流し誘ふ輩もゐずなりし

水中り行者の苦き薬効く

平成二十九年

廃校とせずに休校草いきれ

はらはらとして水遊見てゐたる

ひだる神憑く山にして日雷

日盛の雲崩れずに過ぎにけり

平成二十九年

龍谷大学現代俳句講座

大学生率ゐ吟行暮石の忌

土管転がしたる空き地原爆忌

浮き雲に日差の強き原爆忌

大峯が間近に見えて盆の山

平成二十九年

灯をともし続けて盆の山家かな

片付けの後に酒出て地蔵盆

波音の高まり来たる盆踊

人工衛星もよく見え星月夜

平成二十九年

偏屈を通せば気楽ちんちろりん

黒壁の大きな空き家秋の蛇

磐座を過ぎてゆきけり秋の蛇

邯鄲が鳴くと気付ける人をらず

平成二十九年

海上を来る雲速し守武忌

守武忌伊勢の地山も竹が増え

笛吹いて月の渚を歩く人

深吉野の草木すこやか水の秋

平成二十九年

山上の月澄む東吉野村

皇居へと真直に歩く秋日傘

月まどか配流の帝思ふとき

山人の仰山な荷に山の芋

平成二十九年

天好園

銀襖開け秋寒の金襖

共謀をするごとく出て毒茸

蛇穴に入りて日和の続きたる

崖道を這うて来たるは落鰻

うろづかみして落鰻捕りにけり

地の広きところ喜び小鳥来る

鹿鳴けり山畑にまで下りて来て

夜庭唄歌詞も調べも忘れゐず

平成二十九年

末社へは抱かれて来たり七五三

この世よりあの世にぎやか翁の忌

大阪の好きな人らに近松忌

近江今津

湖の漁は昼まで小六月

平成二十九年

初氷魚よと丁子屋の膳に付く

橡の樹の熊の爪痕なまなまし

鍋止めを二度せし鰤大根といふ

七色をすらすら言へず冬の虹

平成二十九年

誠顔崩さず狐火を語る

狐火や昔は子捕りゐしといふ

狐鳴く人の咳とはちがふ声

冬うらら煙の中の火の色も

平成二十九年

白息が見ゆる樹間の日差にも
暮石似の人もゐるもの頰被

ささ濁りしたる色よき身酒かな

喜んでくるる干菜湯立てたれば

平成二十九年

ついでにと所望されたる干菜汁

海鼠二個三個の密猟なら許す

売れ残りものとは海鼠知る由なし

狼の血を引く狩の犬といふ

平成二十九年

遅刻の子冬田の畦を走りけり

美しき空東京の十二月

年木に榾の丸太を寄せゐたり

結構な話に乗るな薬喰

平成二十九年

長生きの連れが揃ひて薬喰

平成三十年

病室に妻を残して初詣

晩年を佳き地に棲みて屠蘇祝ふ

平成三十年

軽震と思ふ初湯殿にをりて

魚止めの滝まで歩く三日かな

正月の昼朗らかな吉野の子

星新た山々に灯はあらざれど

平成三十年

少女らの寄る薙刀の初稽古

直会の酒は小鼓謡初

大阪の空よく晴れて寒に入る

差し来たる潮の濁りも青々忌

平成三十年

アトリエに行く雪道を掻きをらず

天窓のあるアトリエの雪の屋根

一の藏二の藏のある雪の家

山の子は素直に育ち雪兎

平成三十年

二月二十一日の妻は

青空と言葉でいへて春の昼

二月二十四日、孫の恵が妻に「おばあちゃんはじいちゃんをどう思ってるの」
と聞くと「だいすき」という。

ダイスキが最後のことば春日差

二月二十六日午後五時十六分　妻昇天

息絶えてゆく春日差傾きて

野に遊ばむ命生き切りたる妻と

平成三十年

帰りたき家に遺体で戻り寒

雉鳴けり妻の棺を持ちをれば

雉の声棺の妻に聞かせけり

残されしわれも遺品か春の星

平成三十年

三月も終りの雑木林かな

わが妻もあの世の人に万愚節

万愚節妻死にたると思はれず

西東忌の日、津山市にいて

妻のゐぬことに気付くも西東忌

平成三十年

上の空なり山桜見てゐても

妻死後の一日一日の日永かな

遺影へともの言ひに行く春愁

れんげ編みゐたる妻見し記憶あり

平成三十年

妻ゐたる時のごとくに巣箱掛く

妻植ゑてゐたる花食べ雀の子

遠くより戻る山彦山桜

春潮の満ち止まれる漁港かな

平成三十年

立ち入れぬまでに密生竹の秋

妻と来しことのある野に青き踏む

句集

潤

畢

あとがき

句集『潤』は私の第十四句集である。私には五人の孫がいるが、潤はただ一人の男の子である。その潤の名前を句集名とし、その誕生日を句集上梓の日とした。『潤』という句集名は妻も賛成してくれていた。

私は「喜んでもらう喜び」という言葉が好きであるが、私の句集を一番喜んでくれた妻、多佳子をこの早春に失ってしまった。死に至ったのは、難病指定を受けていたネフローゼによってである。この病気の遠因は、小学生の時に飲んでいた井戸水によるというのである。このことには妻も驚いていた。

朝、俳句会に出かける私を元気に見送ってくれたのだが、私が帰ってみると、妻の意識のなかったことが何回か続くようになった。血液中のアンモニウム濃度が高くなり、肝性脳症を患っているという説明を主治医から受けた。
私たち夫婦はお互いに延命治療は受けないでおこうと話し合っていたから、息子たちも同席して主治医にその旨を話した。しかし、現実にその死を前にしてみると、つらいものだった。
独りとなった私は、以前がそうであったように、朝飯の具沢山の味噌汁を欠かしていない。夕食も可能な限り家で作るようにしている。平凡な日常の中で紡ぐ俳句が私の俳句だと思っているからである。
この句集『潤』の刊行は、邑書林社主島田牙城氏に負うところが大きい。ことに装丁に妻のトールペイントの作品を使ってくれたことも、ありがたいことと感謝している。

八月十二日

茨木和生

茨木和生　いばらき・かずお

昭和十四年一月十一日　奈良県大和郡山市生まれ。
昭和二十九年　奈良県立郡山高等学校一年生の時、右城暮石選の「朝日大和俳壇」に投句。
昭和三十一年　右城暮石が創刊した「運河」に入会。続いて山口誓子主宰の「天狼」に入会。
「運河」編集長を経て、平成三年「運河」主宰を右城暮石から継承。

平成九年　　　『西の季語物語』で第十一回俳人協会評論賞を受賞。
平成十四年　　第七句集『往馬』で第四十一回俳人協会賞を受賞。
平成二十六年　第十一句集『薬喰』で第十三回俳句四季大賞を受賞。
平成二十八年　第十二句集『真鳥』で第三十一回詩歌文学館賞を受賞。
平成二十九年　第十三句集『熊樫』で第九回小野市詩歌文学賞を受賞。

受賞句集以外に『木の國』『遠つ川』『野迫川』『丹生』『三輪崎』『倭』『畳薦』『椣原』『山椒魚』のほか、『季語別茨木和生集』『自註現代俳句シリーズⅤ期茨木和生集』など。
エッセイ集に『西の季語物語』『俳句・俳景　のめ』『季語の現場』『季語を生きる』など。
編著に『松瀬青々』、共著に『日本庶民文化史料集成第五巻』『旬の菜時記』など。
又『古屋秀雄全句集』『定本右城暮石全句集』『松瀬青々全句集　上・下二巻』『別巻松瀬青々歳時記』などの監修、編集に取り組む。

現在「運河」主宰。同人誌「晨」「紫薇」同人。
「日経俳壇」（日本経済新聞）「朝日大和俳壇」（朝日新聞奈良版）「みどう俳壇」などの選者。
公益社団法人俳人協会副会長。大阪俳人クラブ会長、奈良県俳句協会会長。大阪俳句史研究会理事。
日本文藝家協会会員。

現住所　〒636－0906　奈良県生駒郡平群町菊美台二丁目十四の十

句集　潤（じゅん）

著　者＊茨木和生 ©
発行日＊平成三十年十月二十八日
発行人＊島田牙城
発行所＊邑書林（ゆうしょりん）
661-0033　兵庫県尼崎市南武庫之荘3-32-1-201
Tel　〇六（六四二三）七八一九
Fax　〇六（六四二三）七八一八
郵便振替　〇〇一〇〇-三-五五八三二
younohon@fancy.ocn.ne.jp
http://youshorinshop.com
印刷・製本所＊モリモト印刷株式会社
用　紙＊株式会社三村洋紙店
定　価＊本体二八〇〇円プラス税
図書コード＊ISBN978-4-89709-875-3